句集 FLOWER

海野弘子

文學の森

序

長嶺千晶

ブーケ作る指に春色纏ひゐて

「美しいものが好き」と語る海野弘子さんのそんな思いが、この第一句集『FLOWER』の一句一句に溢れている。長年、飯田深雪氏にアートフラワーを学び、花を作り続けてきた。口絵の美しい花々は、彼女自身の作である。アートフラワーと俳句によって「花」の美を自ら生みだしてきた彼女の、この美意識に貫かれた濃密な時間をともにぜひ味わってほしいと思う。

磯貝碧蹄館先生を偲ぶ会にて

天へ噴く詩の白炎花辛夷

濃密な時間という私の思いは、海野さんの師系によるものもある。海野さんの師でいらした磯貝碧蹄館氏は中村草田男門下だったので若い頃から私は碧蹄館氏に目をかけていただいていたご縁がある。磯貝碧蹄館氏は第六回角川俳句賞受賞により俳人として確立され、その後「握手」を創刊された。晩年はご自身が魑魅魍魎と交わることができたのではないかと思われるほど、超現実的で原初のエネルギーに溢れる骨太な俳句を発表され続けた。海野さんは二十年にわたり「握手」に学んだので、彼女の句風も今の俳壇の主流である平明で水のような俳句とは対極にある。一句に言葉によるドラマ性があり、斬新な発想によって虚実の世界が構築されてゆく豊かさがある。その究極が最終章にまとめたオペラ鑑賞によって句作された「我が人生にオペラを」であろう。

指揮棒の加速銀杏の散る加速

倒錯の愛へ無月の処刑台

ひと殺すオペラわたしに降るさくら

彼女の想像力は単にオペラを素材とするだけでなく、まるでドラマに生きるヒロインのように豊饒な世界を形作る。人間の心には現実を超えた空想の重層性があり、さらにその虚構が俳句作品として展開される面白さがこれらから見てとれる。その激しい情念やロマンへの希求もまた、彼女の美意識に適うものなのだろう。これらの句には亡き碧蹄館氏とのエネルギーの呼応が感じられる。また、海外詠の素晴らしさも海野さんの俳句の特徴であり、その見聞の広さがオペラを含めた西洋の美に対する深い理解につながっていることが諾える。

オーシャンヴューなれば水着を婚の荷に

冬の樹の綺羅くちづけを手の甲に

海野さんのお嬢さんは海外支援のお仕事で世界を舞台に活躍されている

と漏れ聞いたが、海外にも旅行者としての滞在ではなかったことがこれらの作品からも感じられる。そんな海野さん自身も華のある方だと思う。英国には花のひとつずつにフェアリーという妖精が棲むという。小柄できびきびと活動的な彼女はまさしくフェアリーだと気づく。美しいレース、愛らしいビロード、そんな洋服がとても良く似合う。時には夢見る少女のようにロマンティックな詩情があるかと思えば、ピーターパンの妖精ティンカーベルよろしく、現実への辛辣な一言もある。彼女の人生は決して夢のように甘いばかりではなかったはずである。娘時代には戦争を、さらに東日本大震災も経験してきた。そんな時代による辛酸を経たからこそ、一本芯の徹った強さが彼女の作品に硬質な輝きを与えている。

学徒兵画布に還らず雲の峰
天の川兄を深みにとられけり
蚊柱の吹かれたましひ崩れけり

風化させてはならない想い、古今東西への関心事が海野さんの俳句となってゆく。故郷の静岡やご主人の赴任先だった金沢での俳句は風土性と共に彼女の生活実感をのぞかせる。

生国の荒き茶の香や半夏雨

能登の冬おそろし刷毛の漆黒に

洋の東西の生活の場が、彼女の作品の横軸ならば、縦軸には海野さんの生命の系譜がある。それは母から受け継ぎ孫へと連なる存在の重さであり、その命の縦軸はこの『ＦＬＯＷＥＲ』を確と貫いている。

カーネーション母を預けてしまひけり

象も我も乳を母より聖五月

三月十日母逝去享年百六歳

雛納むるやうに棺へ母をさむ

なきもののこゑあつめてはさくらさく

昨年の三月には、百六歳でお母様がご逝去された。娘としての海野さんの母への嘆きの想いがしみじみと表白されている。その表現が静謐で美しいからこそ、なおさらに悲しみの深さが胸を打つ。母子の情愛は、個の想いを超えてここに普遍化されている。

蛋白石《オパール》色の冬海が抱く受精卵
赤子笑み花びら餅となるところ

一方、お孫さんの誕生の句は、生命の大いなるはからいが、地球規模のひとこまとして表現されている。肉親の情に溺れずに客観性をもつこの確かな一句は、受精卵の存在が、壮大な地球誕生の営みまでも、この短詩型の中に盛り込むことができる可能性を具現していると思う。また、花びら餅の柔和な美しさを赤子のほほえみと言いとめた発見には海野さんならではの優しさが感じられる。

深秋やかりそめならぬ一語欲し

「握手」終刊後から「晶」同人として丸二年を経た今、生き生きと伸び伸びと句作に励む海野さんは私のかけがえのない句友である。お酒を飲む機会も大好きで、一日二万歩は歩くという彼女の活力に、つい私の母親の年齢であることを忘れては、叱咤激励をしてしまうが、それに応えて頑張っている彼女の俳句への真剣な取り組みを思うとき、俳人として今まさに作品を世に問う時機と感じている。
「晶」三周年記念にこの『ＦＬＯＷＥＲ』が上梓されることは私にはこの上ない喜びであり、海野さんへ心よりお祝いを申しあげたい。さらに、これからも「晶」と共に健やかに歩みつつ、海野さんの生き方がひとつの花と咲き満ち、ますます句境が深化してゆくようにと願いつづけている。

二〇一五年　春の魁に

句集　FLOWER／目次

序　長嶺千晶　1
鳥図鑑　13
砂時計　37
金　婚　71
洗ふ藁　97
過　客　125
遠き帆　143
わが人生にオペラを　161
あとがき　183

カバー　著者作フラワーアレンジメント
装丁　文學の森装幀室
口絵　著者作アートフラワー

句集　FLOWER

鳥図鑑

ブーケ作る指に春色纏ひゐて

初蝶や花嫁白き裳裾曳く

芽柳や銀のブローチ胸にあり

盆梅のほころぶ鯛の兜かな

五線譜に声おこすべし梅ふふむ

作務衣女のこゑ美しき木の芽かな

異郷の血入りて眉濃し山を焼く

黒潮のあらふ燈台吊るし雛

ひばり野へ心張棒を外しけり

母白寿　三句

白粥へ飛花一片の長寿かな

うつしみの白寿を超ゆる石鹼玉

母の打つ待針沖に春かもめ

落書きの余地なき部室卒業す

子に白き母の胸添ふ復活祭

磯貝碧蹄館先生お祝いにて　二句

芽吹かむと八十八鍵鳴り止まず

米寿の春琳派の花の楚より艶

落葉松の翳こまやかに囀れる

子を連れて象を見にゆく春の坂

陽炎へる黒犀は背を鳥に貸し

春燈下積木の貨車の繫がるる

角砂糖くづれし渦の朧かな

流れみな富士に始まる水菜摘み

折鶴の千の羽ばたく木の芽風

春浅し甘海老青き卵抱く

春宵や指触れて鳴る嬰の玩具

春月や水の重みの手漉き和紙

紙漉きを教はつてをり巣立鳥

前向きに生きて花粉の飛ぶことよ

磯貝碧蹄館先生を偲ぶ会にて　二句

天へ噴く詩の白炎花辛夷

春に遠き円卓越しの握手かな

寄せ書きのまだ濡れてゐるさくらかな

花冷えのおとがひに依る弦楽器

笛方の貌なき夜のさくらかな

蟻穴を出でたる団扇太鼓かな

味噌の香を火神に鰆焼き上がる

瀬を早む水がころゐあげ落椿

本の荷に掛くる荒縄風光る

ホスピスや花の中なる鳥図鑑

猿が輪を何度もくぐる八重桜

束の間を生きて久遠の春銀河

両袖にたもと落としや暮れの春

砂時計

観覧車の大き全円夏来たる

チェロを背に五月の菩提樹《リンデンバウム》かな

カーネーション母を預けてしまひけり

噴水の薙ぐとき白き椅子みだる

こゑなき母噴水崩れやまざりし

象も我も乳を母より聖五月

一握を摘みたる庭の新茶かな

子曰くと習ひて高き矢車音

襟裄けの勾配ゆるき甘野老

ひとを憶ひをり高空に朴匂ふ

文庫にゐて水無月の硝子窓
バイエル・ツェルニー雨音だつたころの夏

オーシャンヴューなれば水着を婚の荷に

灼くる双肩総帆軋み軋みひらく

黒真珠六月の海けぶらしむ

弓なりに歪む祖国や青嵐

海野格子の奥に祖の座迎へ梅雨

森は生きてゐる少年の夏帽子

夏至あした白き巨船が水零す

貴婦人てふ白樺一樹大夏野

をとめなりし母の涼しき弓袋

金婚の馬車のくぐりし薔薇の門

星涼し百寿の母を梳る

黒南風や子の半身は異邦人

生国の荒き茶の香や半夏雨

膝上に康き袱紗や白重

青梅や黒文字の箸しめらせて

繭の会発足を祝し　二句

機ぐるま玉繭に風走りだす

繭糸を繰りて埴生の宿灯す

糸大八氏を偲び

未だ遊び足りぬヨットの沖に消ゆ

太陽をはみ出すクレヨン夏休み

髪洗ひゐて潮騒の離れざる

ひとの死へ青き芒の波を行く

夢の世に生きて白玉掬ひけり

うたかたをひとつむすびて水中花

百日紅あしたは忽ちきのふとなる

土に還る日も虹の根を抱きゐたし

蛾に赤き紋の一点戦憂し

学徒兵画布に還らず雲の峰

蚊柱の吹かれたましひ崩れけり

炎昼や落ちる他なき砂時計

裸子をおのが裸の胸に抱く

花合歓や濡れて眠りし子の睫毛

人肌のものを畳みし遠花火

タイ・バンコク　六句

ほほゑみて合掌のくに跣の国

ドリアン割く豊かに濁るメナム河

鉈割りの椰子をひさぎて裸の子

梨色の僧衣に著き素馨の香

吊床や幼日のわがシャム王子

リヴァーサイドホテルに逢ひぬ夏帽子

薔薇を来し風に磨かる詩成るべし

河骨の鈴打ち振るふ夜もありぬ

蟻出でて円周率の果てもなし

北欧　九句

北欧の虫籠め琥珀明易し

サングラス外して白き海図買ふ

噴水や女神の裸身乾かざる

青葡萄肩の壺より水溢る

風知草白夜遁走曲《フーガ》をかなでけり

フィヨールの白夜また鳴る主旋律

砲身の海に向きたる鰯雲

フィヨルドの白き崖より秋の蝶

つめた貝北の銀河に溺れけり

金婚

墨痕の一直線や鳥渡る

展かるる破墨一巻秋澄めり

グランドに引く白線や今朝の秋

栗林浩氏出版をお祝いして

青栗の林間一刻ごと眩し

七夕や空に潮流濃きところ

天の川兄を深みにとられけり

握り飯握る手熱き終戦日

葉月葉隠れ空に無数の不帰の人

露けしや句座の小部屋に譜面台

秋光や抱きて調ふリュートの弦

星飛んで硝子炎の坩堝より
一縷なき身を沈めては月の船

露の世のいのち赤しと思ひけり

俳号を持たぬ身かろし夕芒

熟れ落つる無花果のまま家を売る

色鳥や金婚われら銀の髪

小豆打つ百寿白寿の姉妹かな

敬老日の賀受く母揺れ我も揺る

血管のさらさら流る秋さびし

無数の詩零し鶏頭直立す

朝顔の鉢ごと留守を預かりし

絵手紙に入りきれざり葉鶏頭

菊日和洗ひ地蔵に束子垂る

数珠玉や憶良に子らを讃ふうた

海隔つ子の生業や秋つばめ

雁わたる時間子までの時間かな

やはらかき嬰を抱く銀河死は遠し

団栗や腕に残る子の重み

澄む水に陶淵明の楷書かな

秋草や文机小さき弥生子庵

ペン皿に詩句得るペンや鰯雲

飛火野の胸をよぎりし牡鹿かな

手びねりや京の背山の粧ひぬ

夜はさらに水の香の濃き貴船菊

秋水の繰るよ茂吉の最上川
片口に満たす樽酒遠鳴子

能登沖へ月を上げてぞ乱れ打ち

木曾馬の背の藁にほふ新走り

蓑虫の貌より暮れし山雨かな

移動図書館ノンちゃん雲に桃は実に

行進の最後はチューバ銀杏降る

焼き栗のほてり飛びたる石畳

虫の音の嗄れゆく昼の聖餐図

唐辛子乾ぶ今より阿修羅吹かむ

秋風やわれに貝殻骨ふたつ

深秋やかりそめならぬ一語欲し

洗ふ藁

枯れ尽くし金箔厚き能衣装

真白なる足袋の緊まりて一途なり

敷き松葉踏みし草履を躙り口
旧道を湯道と名付け冬ぬくし

大根干し富士は右肩聳やかす

蜜柑たわわ海南面に嬰を挙ぐ

和紙に透く菓子の薄紅都鳥

沈香を袂に秘めし炭の尉

鉄瓶の下に五徳や鰤起こし

十能に運ぶ火種や加賀ことば

海猫の吹き戻されし冬岬

加賀白山虹作りては時雨れけり

能登の冬おそろし刷毛の漆黒に

波の花漕ぎて海にも荒野あり

五箇山の縄咬むいぶりがつこかな

斧洗ふ藁かぐはしき冬木立

寒燈や遺稿に添ひし丸眼鏡

わが胸の寒きところへ朱を入るる

人逝くはかりそめならず冬至粥

舌焼く葱煙となりしひとと酌む

水鳥の波紋密なり愛なしたし

よく眠る山に育ちて杉檜

裸木に空の面を磨かるる

ポインセチア回転ドアに君現る

お喋りのネイルアートを手袋へ

竜巻状のマフラー上に君の頬

アメリカ合衆国　十一句

霜月の空細長しニューヨーク

カード切る眼下眠らぬマンハッタン

五番街リボン掛くれば雪降り来

着膨れの馭者の口髭五番街

エンパイアービルを発つ馬車雪降れり

樅の木に雪降らせゐる近衛兵

猫と竹馬ブロードウェーを横切りぬ

ブルックリンまで綾取りの橋凍つる

冬天突くゴシック寺院の雀かな

目瞑ればば愛語ひらけば聖樹に灯

蛋白石《オパール》色の冬海が抱く受精卵

海豹に授乳の陸や日脚伸ぶ

雪降り積み産着を畳む膝の上
健やかな心音抱き卯年来る

あらたまの白兎古事記の海に跳ぶ

初暦海をまだ見ぬ櫂二本

みどり児の宙駆くる足お元日

陽を溜めて次の笹鳴き待つ冬青

赤子笑み花びら餅となるところ

初はるや御慈也《おじや》目出度き百二歳

松原へ杖預けおく小正月

母の佳き色に近づく小豆粥

初釜や一掬の湯に山河立つ

過客

若菜摘むラジオにヨハン・シュトラウス

トランプの王家に春の巡りくる

余寒なほ獣の首が壁に峙《じ》し

ニンフ等を鏡にをさめ鳥の恋

料峭や鶏舎に雌雄分たるる

水温む天壇降りし九品仏

春風やからくり時計の扉開く

春の雪赤子羽持つごと歩む

椅子が木に戻りたき春朧かな

歌麿のをんな振り向く初音かな

風船の糸と別れて父あらず

春闌くや楽の茶碗に赤と黒

春禽の声に色ある野点かな

手の傘のたちまち暗し春の雪

春光を海より曳きぬ由比興津

長椅子に親しき窪み霾れる

雲雀鳴く空へ楽譜を継ぎ足して
たそがれを谷戸につぐなり濃山吹

紅梅や鼎に似たる篝籠

港湾に鉄の麒麟や黄砂降る

葬列や蝶の脚より金属音

三月十日母逝去享年百六歳　六句

雛納むるやうに棺へ母をさむ

真ん中に母の在りたる涅槃雪

拾ひたる舎利ひとひらは桜貝

六面体の白きが母や花冷ゆる

芽起こしの雨に打たるる葬りかな

亡き母も舟に立ちたる雛流し
傾けて研ぎ水こぼす花の雲

北へ行くさくらへわれも過客なり

なきもののこゑあつめてはさくらさく

花影や握手の余韻もてひとり
狂れもせで逝くは惜しかり春の坂

遠き帆

歩む師の見えて玉解く芭蕉かな

賛美歌へ花アカシアの天降りけり

カシニョールの帽子立夏の湖を航く

母の日や宿に聖書の革表紙

知恵の輪を合はせて外しさくらんぼ

甘藍の玉抱き始む八ヶ岳

六月に入る富士川は富士の水

麵麭種を眠らせてをる薔薇の窓

紬機筬でとどのへ遠郭公

私《わたくし》雨《あめ》過ぎし茅の輪をくぐりけり

水音の白蚊帳くぐる郡上なり

著莪咲くや濃染の山を湿らせて

呼べば来るやまびこ父の日なりけり

夏山へ後部車両を切り離す

天牛に信濃は夜もみどり吐く
不破の関越えたる現の証拠かな

あかがねの鍋に火の入る巴里祭

黒き女と豹は流線夏の月

十戒のひとつを破り夜のあやめ
炎天を行く百号のゴッホかな

夏潮のどかと窓打つ出合船

橋桁の手斧の痕も青葉潮

蔵町や炎昼隔つ藍のれん

草いきれ月に地熱のなかりけり

母亡くて空撓ひたる大花火

起つときを少しよろけて梅雨茸

揃ひたる蕗の切り口通夜の膳

七たび呼んで母来給はず立葵

唖蟬のいまはを遠き帆のゆける

茄子焼くや仰ぎて知らず星の数

わが人生にオペラを

聖痕の道はローマへ深む秋

弓触れし弦の撓みや金翅雀《ひわ》わたる

坂下る秋や終曲まで聴かう

サロメ　六句

絶唱のアリアに血の香柘榴割く

倒錯の愛へ無月の処刑台

鍵盤に月の来てゐる献花かな

紅葉且つ散るや銀器の髑髏

指揮棒の加速銀杏の散る加速

また別の仮面となりて枯葉舞ふ

主役みな逝きて皇帝ダリアかな

トスカ　六句

寒燈や嘆きの色にマリア像

冬帝すでに画家へ狼色を課す

スカルピアへ鵙の猛りのフォルティッシモ

聖水に合掌を解く冬の蝶

ソプラノの胸に谷ありショール落つ

銃声の乾きて鷹の速さかな

狼ほろぶ薔薇色の舌をもて
冬帝や石の離宮に像渇く

ユトリロの街の剝落冬ざるる

短日やパテオの女神眸閉づ

クリムトの女の腕しぐれけり

運河より教会までの枯野かな

聖し夜やヴァイオリン少女の肘尖る

身に滾りあるを冬木の芽のみ知る

オテロ　六句

亀鳴くは虚なり舞台に水張りて

芽柳や角笛の譜の水わたる

春燈に身ごもりの色アヴェ・マリア

カデンツァの音の更なる落花かな

薔薇の芽のからくれなゐや神の咎

ひと殺すオペラわたしに降るさくら

はつなつの鈴懸劇場通りかな

魔王カスチュイ薔薇をちぎれば火のやうに

ファウストの劫罰　六句

聖処女を捉ふに太き蜘蛛の糸

密なる森に魔女の汗なき乱舞かな

メフィストの盃に日矢濃し海髪揺るる

オーケストラピット満ち来る青葉潮

天井桟敷よりテノールへ薔薇降らす
スタンディングオベーションとなる鶏頭花

宵闇の余韻のシャンパングラスかな

冬の樹の綺羅くちづけを手の甲に

あとがき

「作品は生みつづけられなければならない。

　此世に避け得られない死といふものが存在し、抑へ得られない愛といふものが存在するが故に――中村草田男」

「晶」に加わって知り得たこの言葉は、それまでいいかげんに暮らしてきた私に何かを目覚めさせた。十七音という短い詩形に渾身で打ち込んでおられる長嶺千晶代表に導かれ拙句集を編むという作業に向かい、ささやかな私の人生にも数多の先輩や仲間に恵まれ育んで頂いた愛を改めて思った。

　俳句のいろはも知らず入会した「握手」主宰の磯貝碧蹄館師は、「与へられたる現在に」五十句で第六回角川俳句賞を受賞された魂の詩人であった。ユニークな切り口で独自性を尊び、「愛、夢、笑い」をテーマに最晩年まで精力的に活躍された。八十九歳で急逝され、それまで投句を続けてきた「握手」が終刊となり拠り所を失った時、折しも「晶」創刊号を入手し、許されるなら自分の残り時間をここに賭けてみたいと思うに至った。

長嶺千晶代表の「句集を編んでこそ作家としてのスタートライン」との言葉を受けて初学からの一句一句と格闘する中で、人間は一人では生きられず、まわりのすべての方達に助けられ励まされて今日を生きるのだと痛感している。

勉強の時間に終りは無い。その想いを胸に更なる研鑽を重ね、一歩でも進歩してゆくよすがとしたい。

上梓にあたり、元「握手」のご縁により俳人・評論家の朝吹英和氏、同じく栗林浩氏にご懇切なるアドヴァイスを頂いた。

老齢の弟子を母親のように労りつつ面倒を見、序文までお引き受け下さった千晶代表に心から御礼を申し上げる。

また、これまで句座を共にして下さったすべての方々、口絵や装丁になった美しい「アートフラワー」「フラワーアレンジメント」の仲間達、そしてこの句集を手に取って下さる友人知人のおひとりおひとりにありがとうと申し上げたい。
何も言わず勝手をさせてくれた夫に感謝し、天寿を全うした亡き母にこの句集を捧げたいと思う。

二〇一五年　早春

海野弘子

著者略歴

海野弘子（うんの・ひろこ）本名　同じ

1935年　静岡県生まれ
1992年　「握手」入会。主宰磯貝碧蹄館に師事
2007年　「握手賞」
2012年　「握手」終刊に伴い「晶」入会、同人
現代俳句協会会員

現住所　〒173-0003
東京都板橋区加賀 2-3-1-522

句集　FLOWER

発　行　平成二十七年二月四日
著　者　海野弘子
発行者　大山基利
発行所　株式会社　文學の森
〒一六九-〇〇七五
東京都新宿区高田馬場二-一-二　田島ビル八階
tel 03-5292-9188　fax 03-5292-9199
e-mail mori@bungak.com
ホームページ http://www.bungak.com
印刷・製本　竹田　登

ISBN978-4-86438-395-0　C0092